Disney Junior

MARVEL

SPIDEY and his AMAZING FRIENDS

CB074197

CONHEÇA A EQUIPE ARANHA!

ARANHA SALTA COM SUA TEIA NOS PRÉDIOS PARA RAPIDAMENTE SE ENCONTRAR COM SEUS AMIGOS.

"EU NÃO VOU ME ATRASAR!" DIZ SPIN.

"MAL POSSO ESPERAR PARA VER O ARANHA E O SPIN," DISSE ARANHA-FANTASMA.

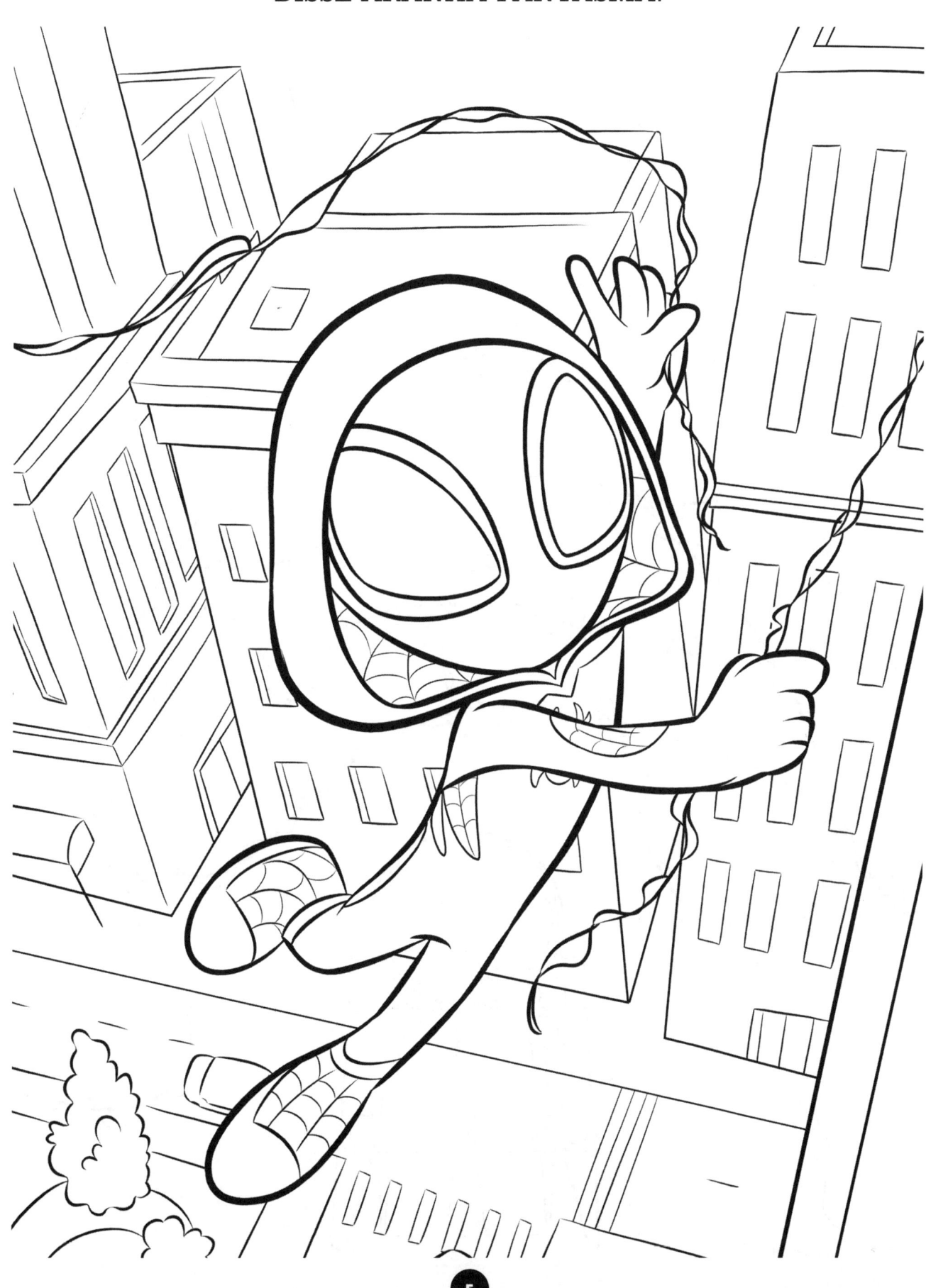

AJUDE A EQUIPE ARANHA A ENCONTRAR O ÚNICO CAMINHO QUE LEVA DIRETO À CENTRAL-TEIA.

RESPOSTA:

ESTE É O TRACE-E, AMIGO ROBÔ DO ARANHA.

ARANHA PRECISA DE VOCÊ PARA AJUDAR A CAPTURAR ESSES VILÕES! LIGUE O DESENHO DO VILÃO A SOMBRA DELE.

RESPOSTA:

O DUENDE VERDE GOSTA DE FAZER MUITAS TRAVESSURAS COM O ARANHA.

RINO É GRANDE E FORTE, MAS SPIN PULA POR CIMA DELE.

DOUTORA OCK TEM QUATRO BRAÇOS MUITO PODEROSOS, MAS ARANHA-FANTASMA OS AGARRA COM FACILIDADE.

A EQUIPE ARANHA ENCURRALOU OS VILÕES.
AGORA, AJUDE CADA ARANHA A ENCONTRAR O CAMINHO
CERTO PARA CHEGAR AOS SUPERVILÕES!

RESPOSTA:

RINO ESTÁ FURIOSO E CABE A SPIN DETÊ-LO. SIGA AS PEGADAS E ENCONTRE O CAMINHO QUE LEVA A ESTE GRANDE VALENTÃO.

RESPOSTA:

ESSES SÃO NOSSOS HERÓIS! PETER, MILES E GWEN SÃO MELHORES AMIGOS. ELES GOSTAM DE FICAR NA CASA DE PETER.

QUANDO A EQUIPE RECEBE UM ALERTA DE ARANHA, SÍMBOLOS DE ARANHA BRILHANTES APARECEM SOB SEUS PÉS E OS TRANSPORTAM...

**NÃO, VOCÊ NÃO ESTÁ VENDO EM DOBRO!
A IMAGEM QUE ESTÁ ABAIXO TEM 10 DIFERENÇAS DA
IMAGEM ACIMA. ENCONTRE E CIRCULE-AS.**

RINO DECIDE BRINCAR JOGANDO AS TAMPAS DAS LATAS DE LIXO EM ARANHA. "VOCÊ NÃO CONSEGUE FAZER MELHOR QUE ISSO?" DIZ ARANHA.

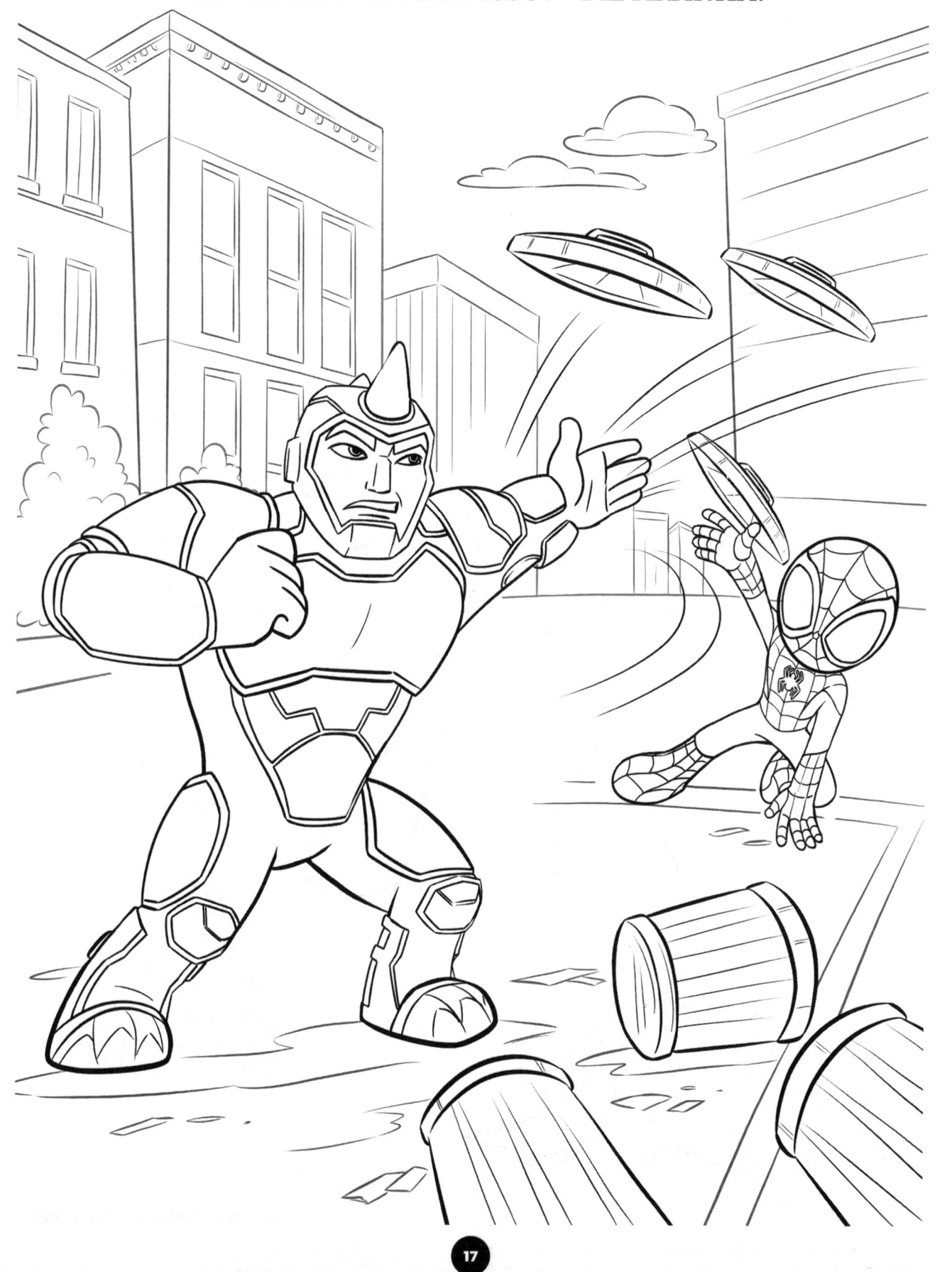

ARANHA DISPARA MUITAS BOLHAS DE TEIA PARA PRENDER RINO. CONTE-AS E ESCREVA A SUA RESPOSTA NO QUADRO. BÔNUS: VEJA QUANTAS ARANHAS VOCÊ ENCONTRA!

RESPOSTA: 5 BOLAS DE TEIA, 7 ARANHAS.

VAMOS TESTAR SEU CONHECIMENTO SOBRE A EQUIPE ARANHA. LIGUE CORRETAMENTE O SUPER-HERÓI COM A IDENTIDADE SECRETA.

RESPOSTA:

MILES VAI ACAMPAR COM GWEN, PETER E SEU PAI, O OFICIAL MORALES.

AJUDE MILES A ENCONTRAR AS PALAVRAS ABAIXO.

PALAVRAS: PETER, GWEN, MILES, ARANHA, FANTASMA, TIA MAY, TRACE-E.

E	A	G	W	E	N	T	A	T
A	R	A	N	H	A	I	P	E
W	E	D	F	Y	E	A	T	A
B	T	E	A	R	S	M	E	M
S	R	O	N	E	P	A	M	G
S	A	M	T	T	M	Y	G	E
P	C	A	A	E	I	A	W	N
I	E	M	S	D	W	E	B	S
R	E	I	M	D	T	R	E	C
E	S	L	A	P	A	N	T	M
M	W	E	O	P	E	T	E	R
H	O	S	H	O	D	Z	W	A
A	N	U	G	G	H	O	T	R

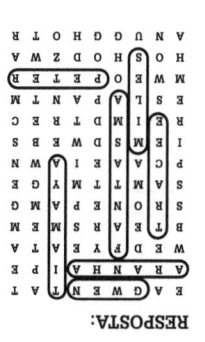

A VELHA REPRESA RACHOU! SE QUEBRAR, PODE INUNDAR A FLORESTA. ISSO PARECE UM TRABALHO PARA A EQUIPE ARANHA!

ARANHA E ARANHA-FANTASMA LANÇAM TEIAS PARA SELAR AS RACHADURAS NA VELHA REPRESA.

SPIN TENTA TAPAR UM VAZAMENTO MUITO GRANDE PARA UMA ARANHA SEGURAR!

ARANHA-FANTASMA E ARANHA RESGATAM SPIN.
ARANHA DIZ QUE ELES DEVERIAM TRABALHAR
JUNTOS PARA CONSERTAR A REPRESA.

A REPRESA SE ROMPE! A EQUIPE ARANHA SALVA O OFICIAL MORALES E UMA RAPOSA BEBÊ.

DUENDE VERDE APRISIONA NOSSOS HERÓIS. ELES PRECISAM ESCOLHER UMA PORTA. MAS QUAL ELES DEVEM ESCOLHER?

DUENDE VERDE QUER FUGIR EM SEU PLANADOR. AJUDE ARANHA-FANTASMA A DETÊ-LO, ENCONTRANDO O PLANADOR EXATAMENTE IGUAL AO MODELO INDICADO.

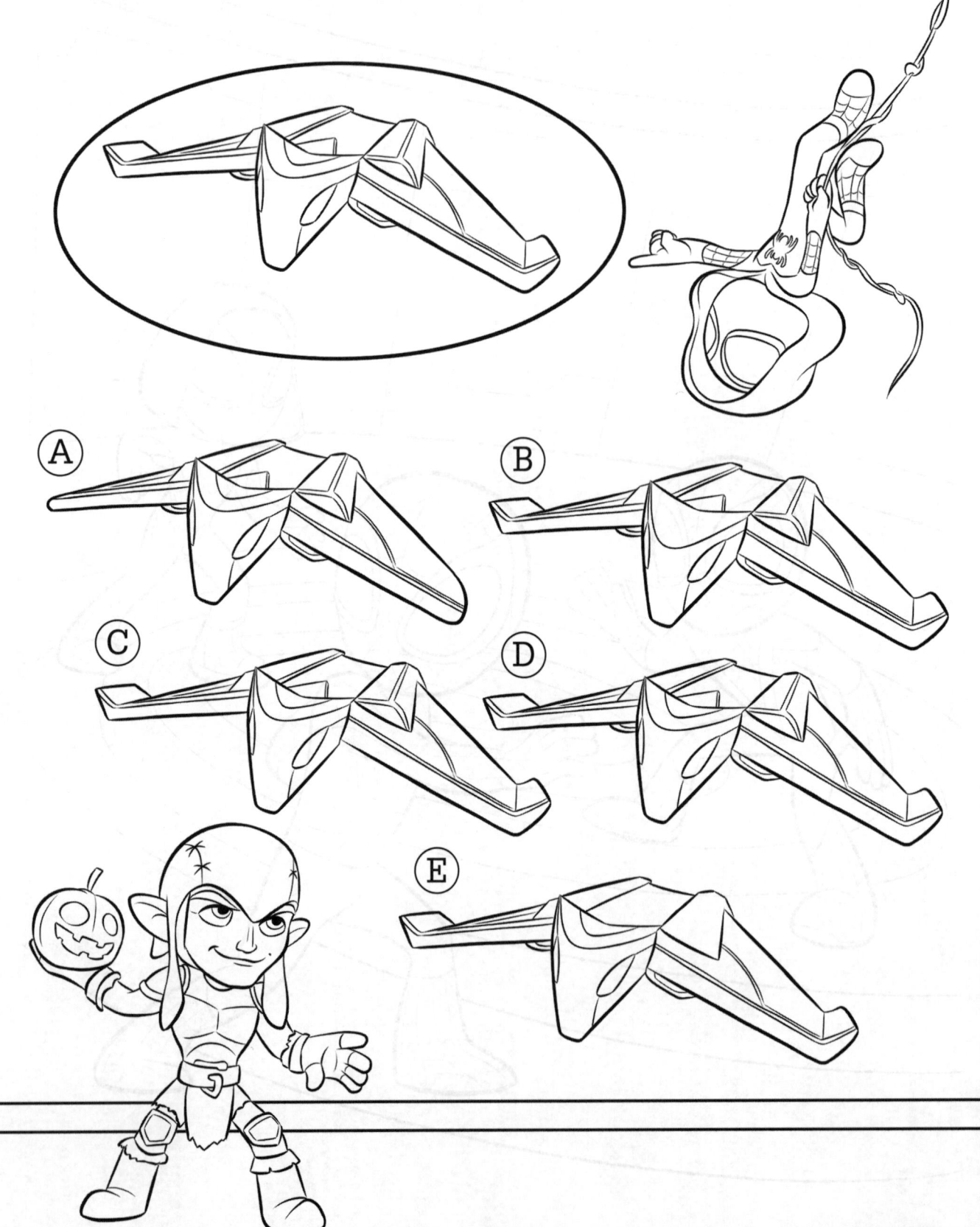

A

B

C

D

E

RESPOSTA: D

AJUDE ARANHA-FANTASMA A ENCONTRAR O CAMINHO CERTO ATRAVÉS DO LABIRINTO DE ESPELHOS PARA QUE POSSA PEGAR O DUENDE VERDE!

RESPOSTA:

SPIN DIZ A ARANHA-FANTASMA E AO ARANHA QUE PARA ESCAPAR DA ARMADILHA DO DUENDE VERDE ELES DEVEM PASSAR PELO TETO.

A EQUIPE ARANHA DECIDE QUE É HORA DE AGIR E PARAR A PERIGOSA CASA DO DUENDE VERDE!

CADA MEMBRO DA EQUIPE ARANHA TEM UM VEÍCULO ESPECIAL. ARANHA DIRIGE O CARRO-ARANHA.

O CARRO-ARANHA TEM PERNAS. ELE PODE ESCALAR EDIFÍCIOS, ASSIM COMO O ARANHA!

ARANHA-FANTASMA PODE VOAR ALTO EM SEU FANTASMACÓPTERO.

ALGO ESTÁ ESTRANHO COM A IMAGEM ESPELHADA DE ARANHA-FANTASMA. UM DETALHE NA IMAGEM ABAIXO NÃO FOI ESPELHADO. QUAL?

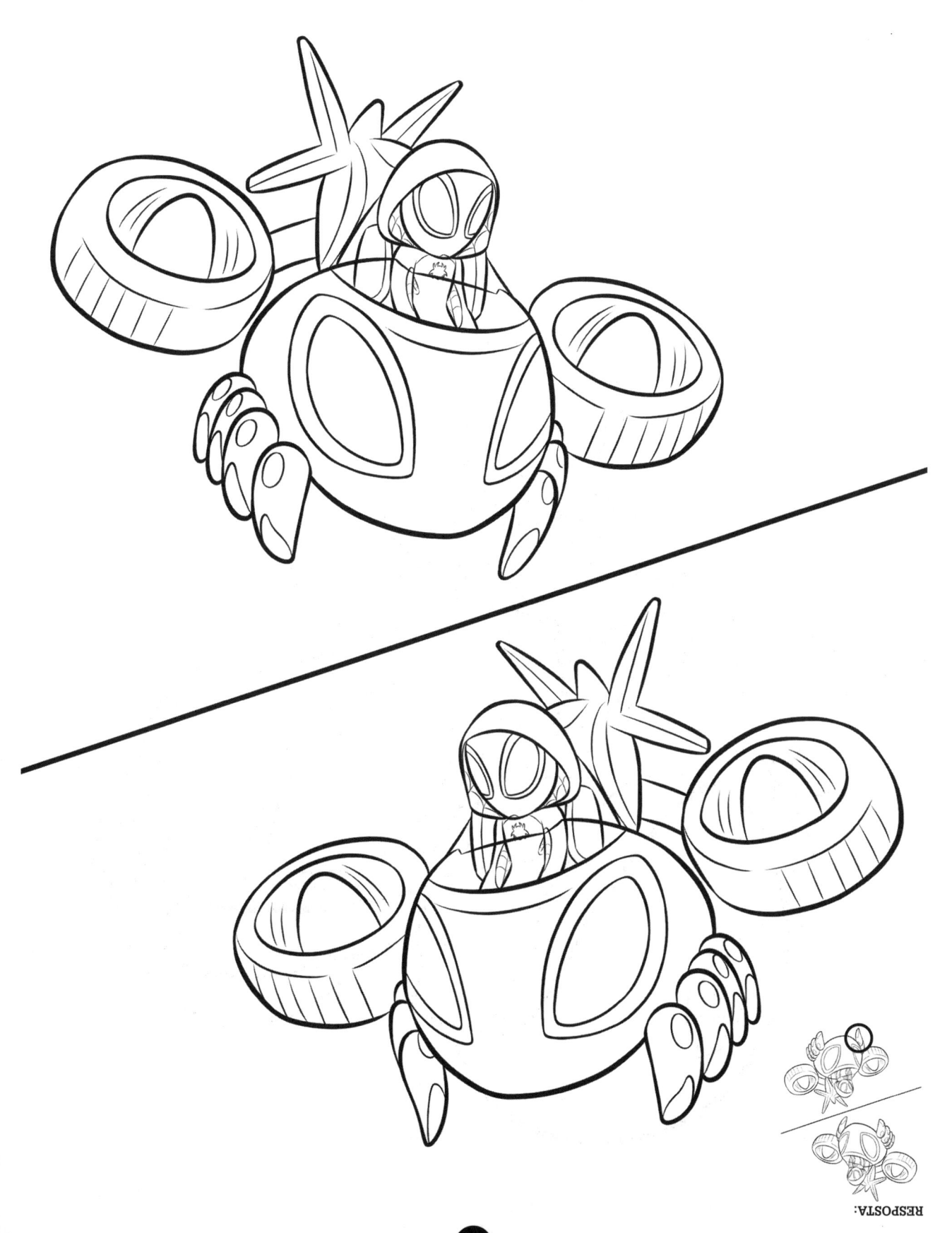

SPIN PODE CRUZAR AS RUAS EM SEU ARACNO TRICICLO.

COM ESSES VEÍCULOS LEGAIS, A EQUIPE ARANHA
PODE IR PRATICAMENTE A QUALQUER LUGAR!

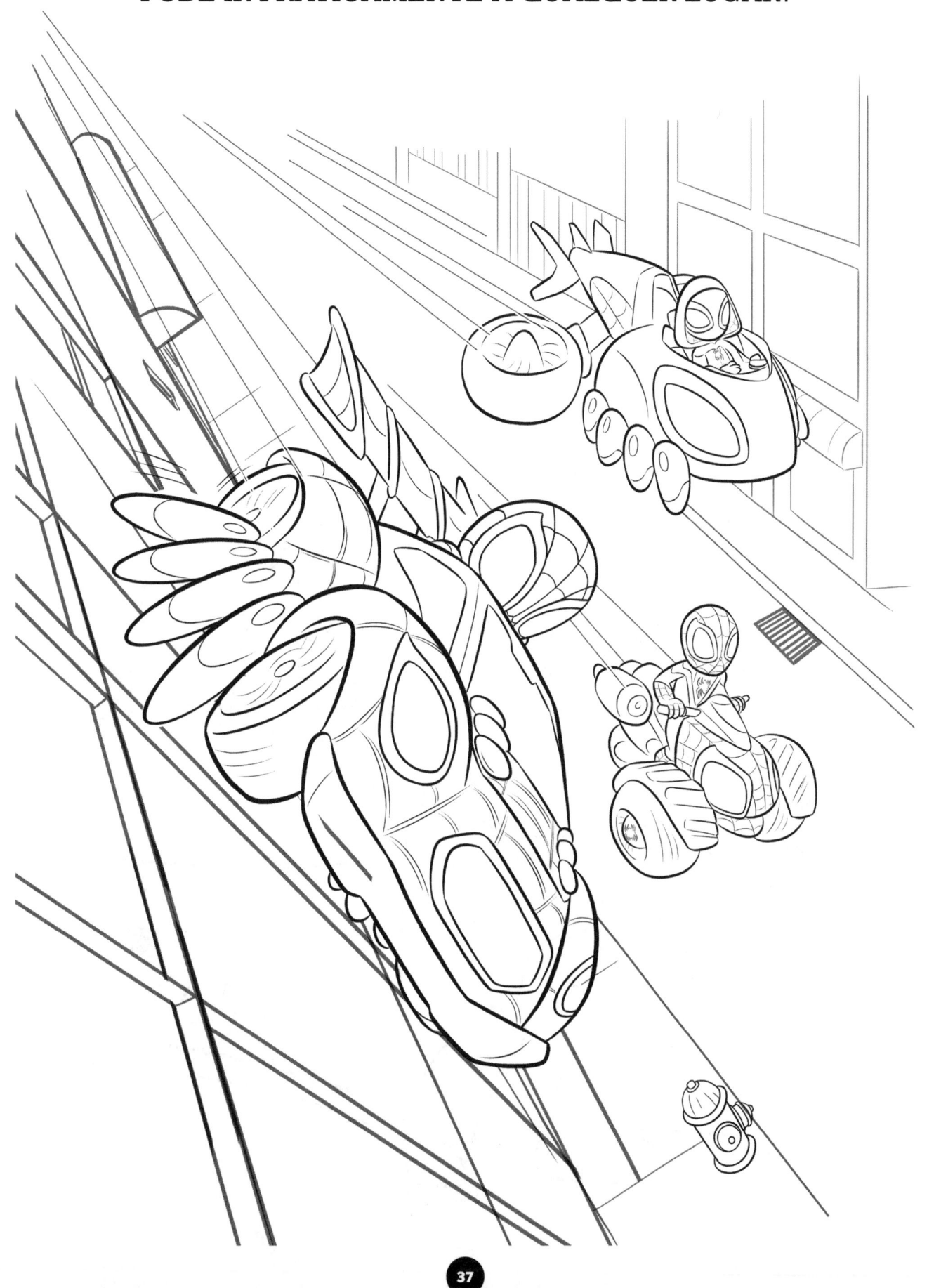

DOUTORA OCK INVADE O AQUÁRIO DA CIDADE. O QUE ELA ESTÁ FAZENDO DESTA VEZ?

DOUTORA OCK DERRUBA VÁRIOS AQUÁRIOS. A EQUIPE ARANHA SALVA OS PEIXES, MAS DOUTORA OCK FOGE COM SQUISHY, O BEBÊ POLVO.

A EQUIPE ARANHA DECOLA NO FANTASMACÓPTERO PARA CAPTURAR DOUTORA OCK E RESGATAR O BEBÊ POLVO!

HÁ UMA PEÇA FALTANDO NESSE DESENHO DO FANTASMACÓPTERO. DESCUBRA QUAL PEÇA ABAIXO COMPLETA A CENA.

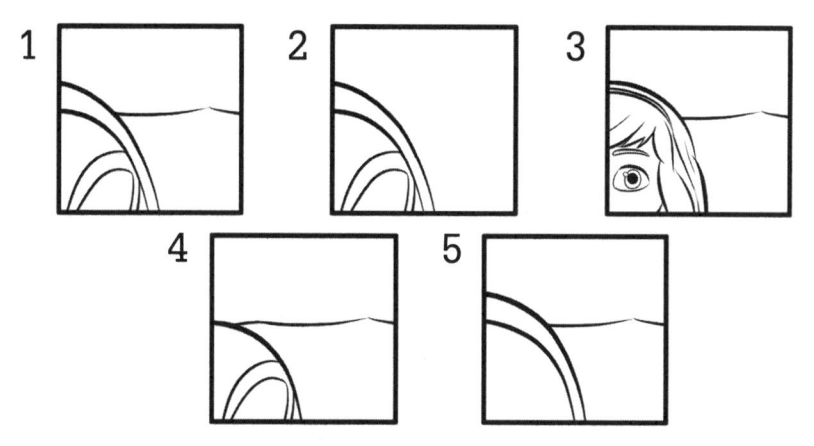

RESPOSTA: 1

DOUTORA OCK TRANSFORMOU O BEBÊ EM UM POLVO GIGANTE!

SPIN TENTA IMPEDIR SQUISHY ANTES QUE ELA
POSSA CAUSAR ALGUM PROBLEMA.

SQUISHY PEGA ARANHA E ARANHA-FANTASMA. "SOLTE, VOCÊ ESTÁ NOS SEGURANDO COM MUITA FORÇA!" DIZ ARANHA-FANTASMA.

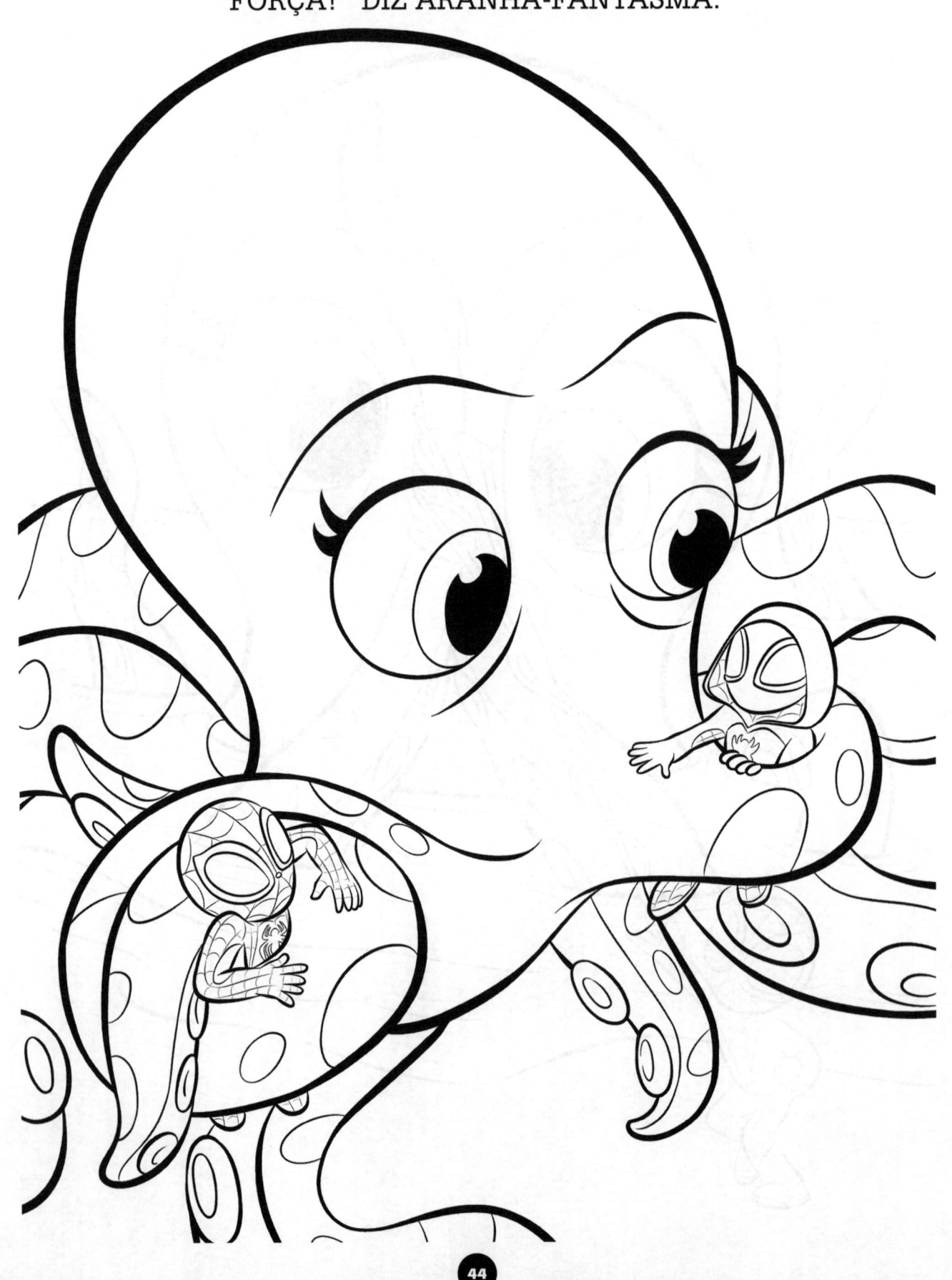

AJUDE SQUISHY A ENCONTRAR O CAMINHO PARA A PRAIA. VOCÊ DEVE PASSAR PELA ARANHA-FANTASMA PARA FAZER ISSO!

RESPOSTA:

SQUISHY VOLTA AO SEU TAMANHO NORMAL, E A EQUIPE ARANHA CAPTURA A DOUTORA OCK.

CIRCULE NO ALFABETO A LETRA DESTACADA EM CADA PALAVRA.

FANTASMA

A	B	C	D	E	F	G
H	I	J	K	L	M	N
O	P	Q	R	S	T	U
V	W	X	Y	Z		

MILES MORALES

A	B	C	D	E	F	G
H	I	J	K	L	M	N
O	P	Q	R	S	T	U
V	W	X	Y	Z		

RINO

A	B	C	D	E	F	G
H	I	J	K	L	M	N
O	P	Q	R	S	T	U
V	W	X	Y	Z		

DOUTORA OCK

A	B	C	D	E	F	G
H	I	J	K	L	M	N
O	P	Q	R	S	T	U
V	W	X	Y	Z		

DUENDE

A	B	C	D	E	F	G
H	I	J	K	L	M	N
O	P	Q	R	S	T	U
V	W	X	Y	Z		

LEVE O ARANHA ATÉ A SUA COMPANHEIRA DE EQUIPE. PINTE A TRILHA EM QUE AS LETRAS ESTÃO NA ORDEM ALFABÉTICA.

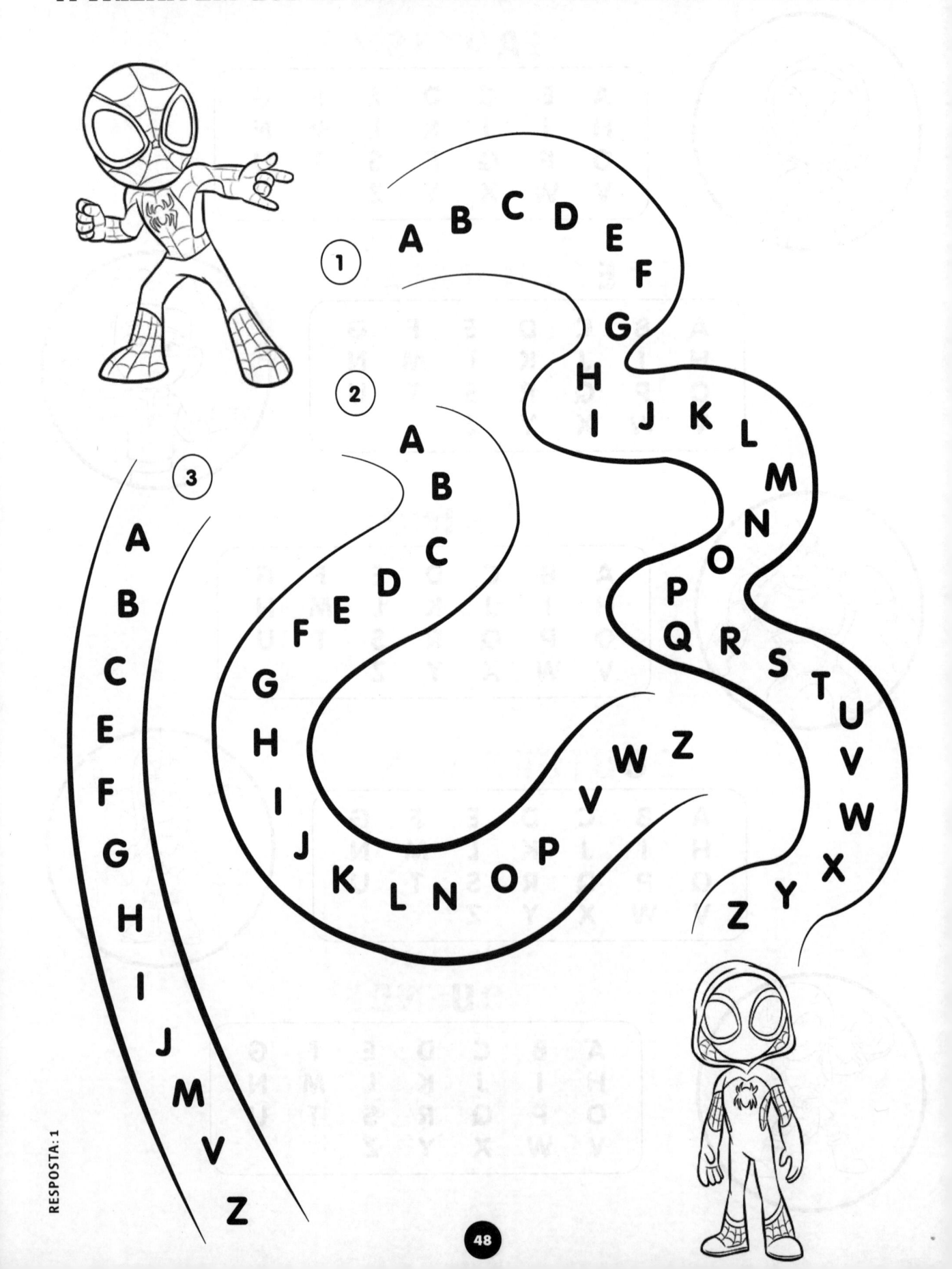

RESPOSTA: 1